ALFAGUARA
INFANTIL-JUVENIL

MARÍA ELENA WALSH

Cuentopos de Gulubú

Ilustraciones
SANDRA LAVANDEIRA

1966, MARÍA ELENA WALSH

De esta edición:

2000, Aguilar, Altea, Taurus, Alfaguara S.A.
Beazley 3860 (1437) Buenos Aires

ISBN: 950-511-630-6

Hecho el depósito que marca la ley 11.723
Impreso en la Argentina. Printed in Argentina
Primera edición: setiembre de 2000
Segunda reimpresión: mayo de 2002

Dirección editorial: Herminia Mérega
Subdirección editorial: Lidia Mazzalomo
Edición: María Fernanda Maquieira
Seguimiento editorial: Verónica Carrera
Diseño y diagramación: Michelle Kenigstein

Una editorial del Grupo **Santillana** que edita en:
España • Argentina • Bolivia • Brasil • Colombia
Costa Rica • Chile • Ecuador • El Salvador • EE.UU.
Guatemala • Honduras • México • Panamá • Paraguay
Perú • Portugal • Puerto Rico • República Dominicana
Uruguay • Venezuela

Cuentopos de Gulubú

MURRUNGATO DEL ZAPATO

El gato Murrún no era empleado ni sastre ni militar.

El gato Murrún no era bailarín ni heladero.

El gato Murrún era nada más que linyera, profesión muy respetable entre los gatos, los gatolines y los gatiperros.

Vivía vagando, con su colita a cuestas, por la calle y por la plaza, la azotea y la terraza, sin tener dueño ni casa.

Una noche fría y lluviosa trotaba muy alicaído pensando dónde dormir.

Y de repente... ¡Oooh!

Allí, junto al cordón de la vereda, vio un gran zapato viejo.

Como Murrún era muy chiquito, se lo probó, es decir, se acurrucó dentro del zapato, y comprobó que le iba de medida. Y que además era abrigado y no dejaba pasar la lluvia. (No sé si ustedes habrán observado que los gatos y las gotas no se llevan nada bien.)

Ronroneó y se durmió, con la puntita de la cola asomada por el agujero del zapato.

Durmió y réquete durmió. Roncó y réquete roncó y a la mañanita se despertó.

Murrún quiere desperezarse y lavarse la cara, pero... ¿qué pasa?

El zapato está lleno de tierra húmeda. Murrún no puede respirar, se ahoga, tiene que darse vuelta trabajosamente y asomar el hocico por el agujero para tomar un poco de aire.

¿Qué es esto? ¿Quién ha llenado de tierra mi casa mientras yo dormía?

Murrún se pone a arañar valientemente para remover los terrones. Le cuesta mucho, porque están endurecidos por el sol, que ya brilla en el último piso del cielo.

Por fin consigue asomar el hocico al aire... ¿Y qué es lo que ve?

¡Una Plantita! ¡Una Plantita, muy instalada y plantada en el zapato, en su zapato!

—¡Qué bonito! —dijo Murrún.

—Gracias —contestó la Planta, creyendo que era un piropo.

—¿Quién te ha dado permiso para instalarte en mi casa?

—Estaba tan cansada de vivir siempre quieta en el mismo lugar... —le contestó la Planta—, soñaba con mudarme a un zapato y pasearme de aquí para allá, de allá para aquí, ir a visitar a la mamá del alhelí.

—¡Eso sí que no! —rezongó Murrún—, está muy bien que un Gato Murrungato viva en un zapato, pero tú ¿para qué quieres zapatos si no tienes pies?

—Yo soy Planta —le contestó ella muy orgullosa—, y aunque no sea planta de pie, igual tengo derecho a vivir en un zapato, sí señor.

—¡Pero este zapato es mi casa y no quiero inquilinos! ¡Fffff!

—¡Qué lástima! —lloriqueó la Plantita—, tendré que pedirle a Felipe que me trasplante otra vez a la vereda donde todos me pisotean... ¡Ay, yo que soñaba tanto con viajar en zapato por el mundo! ¡Ay, qué va a ser de mí, de mí y de la mamá del alhelí!

Murrún se lavaba la cara de muy mal humor.

—Justo cuando había encontrado una casa tan linda... —rezongaba entre lengüetazo y lengüetazo.

—Bueno, si te molesto me voy —dijo la Planta.

—¿Cómo te vas a ir si no tienes patitas, tonta?

—Y, esperemos que pase Felipe y me trasplante a la vereda —dijo ella lloriqueando.

—Esperemos que pase Felipe... —suspiró Murrún con cara de mártir.

Y mientras esperaban los dos muy callados, la Plantita, ya que no tenía nada que hacer, se puso a dar flores.

Un montón de flores, como cuatro:

una celeste,

una colorada,

una amarilla

y una más grande.

Murrún vio las flores y se puso bizco de la sorpresa. No atinó a decir ni mu ni miau ni prr ni fff.

Estiró la patita para juguetear un poco con ellas... Y el viento las movía, y Murrún trataba de acariciar las flores muy suavemente, escondiendo las uñas.

—Cuidado, no las arañes —dijo la Planta.

—Debo reconocer —contestó Murrún

sin dejar de jugar— que aunque eres una Planta muy molesta, tus flores son realmente lindas y peripuestas.

—No faltaba más —dijo la Planta modestamente, bajando las hojas.

—Y tienen rico perfume —dijo Murrún con el hocico pegado a los pétalos—. La verdad es que me gustaría tenerlas siempre cerca, para jugar.

—Si ahora te gusto más —dijo tímidamente la Planta—, ¿por qué no me llevas a pasear en zapato, como era mi ilusión?

—¿Estás loca? —contestó Murrún.

—Todo el mundo te miraría con admiración, porque nadie ha visto nunca algo tan maravilloso. Viajaríamos... Yo andaría de aquí para allá, de allá para aquí, vería a la mamá del alhelí.

Entonces Murrún lo pensó bien. Él también estaba cansado de vagabundear solo. Y dijo:

—Bueno.

Murrún se olvidó de su mal humor y empuñó los cordones.

Allá se fue, llevando a la Plantita con

sus flores a pasear en Cochezapato por el
mundo.

> *Y así, con un garabato,*
> *se acaba el cuento de Murrungato.*

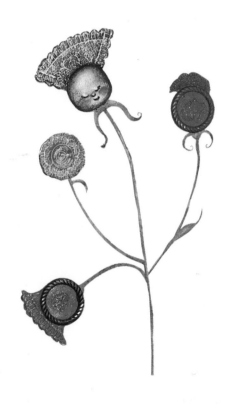

LA PLAPLA

Felipito Tacatún estaba haciendo los deberes. Inclinado sobre el cuaderno y sacando un poquito la lengua, escribía enruladas emes, orejudas eles y elegantísimas zetas.

De pronto vio algo muy raro sobre el papel.

—¿Qué es esto? —se preguntó Felipito, que era un poco miope, y se puso un par de anteojos.

Una de las letras que había escrito se despatarraba toda y se ponía a caminar muy oronda por el cuaderno.

Felipito no lo podía creer, y sin embargo era cierto: la letra, como una araña de tinta, patinaba muy contenta por la página.

Felipito se puso otro par de anteojos para mirarla mejor.

Cuando la hubo mirado bien, cerró el cuaderno asustado y oyó una vocecita que decía:

—¡Ay!

Volvió a abrir el cuaderno valientemente y se puso otro par de anteojos, y ya van tres.

Pegando la nariz al papel preguntó:

—¿Quién es usted, señorita?

Y la letra caminadora contestó:

—Soy una Plapla.

—¿Una Plapla? —preguntó Felipito asustadísimo—, ¿qué es eso?

—¿No acabo de decirte? Una Plapla soy yo.

—Pero la maestra nunca me dijo que existiera una letra llamada Plapla, y mucho menos que caminara por el cuaderno.

—Ahora ya lo sabes. Has escrito una Plapla.

—¿Y qué hago con la Plapla?

—Mirarla.

—Sí, la estoy mirando, pero ¿y después?

—Después, nada.

Y la Plapla siguió patinando sobre el cuaderno mientras cantaba un vals con su voz chiquita y de tinta.

Al día siguiente, Felipito corrió a mostrarle el cuaderno a su maestra, gritando entusiasmado:

—¡Señorita, mire la Plapla, mire la Plapla!

La maestra creyó que Felipito se había vuelto loco.

Pero no.

Abrió el cuaderno, y allí estaba la Plapla bailando y patinando por la página y jugando a la rayuela con los renglones.

Como podrán imaginarse, la Plapla causó mucho revuelo en el colegio.

Ese día nadie estudió.

Todo el mundo, por riguroso turno, desde el portero hasta los nenes de primer grado, se dedicaron a contemplar a la Plapla.

Tan grande fue el bochinche y la falta de estudio que desde ese día la Plapla no figura en el Abecedario.

Cada vez que un chico, por casualidad, igual que Felipito, escribe una Plapla cantante y patinadora, la maestra la guarda en una cajita y cuida muy bien de que nadie se entere.

Qué le vamos a hacer, así es la vida.

Las letras no han sido hechas para bailar, sino para quedarse quietas una al lado de la otra, ¿no?

HISTORIA DE UNA PRINCESA, SU PAPÁ Y EL PRÍNCIPE KINOTO FUKASUKA

Sukimuki era una princesa japonesa. Vivía en la ciudad de Siu Kiu, hace como dos mil años, tres meses y media hora.

En esa época, las princesas todo lo que tenían que hacer era quedarse quietitas.

Nada de ayudarle a la mamá a secar los platos. Nada de hacer mandados. Nada de bailar con abanico. Nada de tomar naranjada con pajita.

Ni siquiera ir a la escuela. Ni siquiera sonarse la nariz. Ni siquiera pelar una ciruela. Ni siquiera cazar una lombriz.

Nada, nada, nada.

Todo lo hacían los sirvientes del palacio: vestirla, peinarla, estornudar por ella, abanicarla, pelarle las ciruelas.

¡Cómo se aburría la pobre Sukimuki!

Una tarde estaba, como siempre, sentada en el jardín papando moscas, cuando apareció una enorme Mariposa de todos colores.

Y la Mariposa revoloteaba, y la pobre Sukimuki la miraba de reojo porque no le estaba permitido mover la cabeza.

—¡Qué linda mariposapa! —murmuró al fin Sukimuki, en correcto japonés.

Y la Mariposa contestó, también en correctísimo japonés:

—¡Qué linda Princesa! ¡Cómo me gustaría jugar a la mancha con usted, Princesa!

—Nopo puepedopo —le contestó la Princesa en japonés.

—¡Cómo me gustaría jugar a la escondida, entonces!

—Nopo puepedopo —volvió a responder la Princesa, haciendo pucheros.

—¡Cómo me gustaría bailar con usted, Princesa! —insistió la Mariposa.

—Eso tampocopo puepedopo —contestó la pobre Princesa.

Y la Mariposa, ya un poco impaciente, le preguntó:

—¿Por qué usted no puede hacer nada?

—Porque mi papá, el Emperador, dice

que si una Princesa no se queda quieta quieta quieta como una galleta, en el imperio habrá una pataleta.

—¿Y eso por qué? —preguntó la Mariposa.

—Porque sípi —contestó la Princesa—, porque las princesas del Japonpón debemos estar quietitas sin hacer nada. Si no, no seríamos princesas. Seríamos mucamas, colegialas, bailarinas o dentistas, ¿entiendes?

—Entiendo —dijo la Mariposa—, pero escápese un ratito y juguemos. He venido volando de muy lejos nada más que para jugar con usted. En mi isla, todo el mundo me hablaba de su belleza.

A la Princesa le gustó la idea y decidió, por una vez, desobedecer a su papá. Salió a correr y a bailar por el jardín con la Mariposa.

En eso se asomó el Emperador al balcón y, al no ver a su hija, armó un escándalo de mil demonios.

—¡Dónde está la Princesa! —chilló.

Y llegaron todos sus sirvientes, sus soldados, sus vigilantes, sus cocineros, sus lustrabotas y sus tías para ver qué le pasaba.

—¡Vayan todos a buscar a la Princesa!
—rugió el Emperador con voz de trueno y
ojos de relámpago.

Y allá salieron todos corriendo y el Emperador se quedó solo en el salón.

—¡Dónde estará la Princesa! —repitió.

Y oyó una voz que respondía a sus espaldas:

—La Princesa está de jarana donde se le da la gana.

El Emperador se dio vuelta furioso y no vio a nadie.

Miró un poquito mejor, y no vio a nadie.

Se puso tres pares de anteojos y entonces sí vio a alguien.

Vio a una mariposota sentada en su propio trono.

—¿Quién eres? —rugió el Emperador con voz de trueno y ojos de relámpago.

Y agarró un matamoscas, dispuesto a aplastar a la insolente Mariposa.

Pero no pudo.

¿Por qué?

Porque la Mariposa tuvo la ocurrencia de transformarse inmediatamente en un Príncipe.

Un Príncipe buen mozo, simpático, inteligente, gordito, estudioso, valiente y con bigotito.

El Emperador casi se desmaya de rabia y de susto.

—¿Qué quieres? —le preguntó al Príncipe con voz de trueno y ojos de relámpago.

—Casarme con la Princesa —dijo el Príncipe valientemente.

—¿Pero de dónde diablos has salido con esas pretensiones?

—Me metí en tu jardín en forma de Mariposa —dijo el Príncipe—, y la Princesa jugó y bailó conmigo. Fue feliz por primera vez en su vida y ahora nos queremos casar.

—¡No lo permitiré! —rugió el Emperador con voz de trueno y ojos de relámpago.

—Si no lo permites, te declaro la guerra —dijo el Príncipe, sacando la espada.

—¡Servidores, vigilantes, tías! —llamó el Emperador.

Y todos entraron corriendo, pero al ver al Príncipe empuñando la espada se pegaron un susto terrible.

A todo esto, la Princesa Sukimuki espiaba por la ventana.

—¡Echen a este Príncipe insolente de mi palacio! —ordenó el Emperador con voz de trueno y ojos de relámpago.

Pero el Príncipe no se iba a dejar echar así nomás.

Peleó valientemente contra todos. Y los lustrabotas escaparon por una ventana. Y las tías se escondieron aterradas debajo de la alfombra. Y los vigilantes se treparon a la lámpara.

Cuando el Príncipe los hubo vencido a todos, preguntó al Emperador:

—¿Me dejas casar con tu hija, sí o no?

—Está bien —dijo el Emperador con voz de laucha y ojos de lauchita—. Cásate, siempre que la Princesa no se oponga.

El Príncipe fue hasta la ventana y preguntó a la Princesa:

—¿Quieres casarte conmigo, Princesa Sukimuki?

—Sípi —contestó la Princesa entusiasmada.

Y así fue como la Princesa dejó de estar quietita y se casó con el Príncipe Kinoto Fukasuka. Los dos llegaron al templo en monopatín y luego dieron una fiesta en el jardín. Una fiesta que duró diez días y un enorme chupetín.

Así acaba, como ves,
este cuento japonés.

EL ENANITO Y
LAS SIETE BLANCANIEVES

En una casita del bosque de Gulubú estaban sentadas siete chicas escuchando la radio.

Eran las siete hijas del jardinero Nieves. Por la radio cantaba el grillo Canuto.

—¡Qué bien canta este grillo! —suspiraron las siete señoritas embelesadas—, ¿dónde habrá estudiado canto?

Cuando el grillo Canuto terminó, entre grandes aplausos, contó que había estudiado canto en la escuela del profesor enanito Carozo.

En cuanto oyeron esto, las siete chicas de Nieves salieron disparando por el bosque.

Preguntaron a todo bicho viviente, pero nadie supo informarles dónde quedaba la dichosa escuela.

Hasta que se encontraron con el sapo Ceferino –un sapo muy sabio–, que estaba leyendo el diario al revés.

Le preguntaron:

—¿Usted no sabe, señor sapo Ceferino, dónde queda la escuela del profesor enanito Carozo?

Y el sapo les contestó sabiamente:

—Guau.

Así informadas, salieron corriendo hasta que en una esquina del bosque encontraron un cartel que decía:

ESCUELA VIRUELA DE PICOPICOTUELA DEL PROFESOR ENANITO CAROZO

Allí estaba el profesor, sentado detrás de su escritorio que, como todo el mundo sabe, era un hongo.

—¡Queremos estudiar en su escuela! —gritaron todas al mismo tiempo—, ¡queremos que nos enseñe a cantar como el grillo Canuto!

El profesor se asustó mucho y trató de explicarles que en su escuela sólo había alumnos chiquitos: grillos que estudiaban canto, arañas que estudiaban tejido, ranas que aprendían natación.

Pero ellas insistieron tanto que fue inútil que el profesor enanito Carozo les dijera que era peligroso inscribirlas porque en cualquier momento podían pisar a los alumnos.

Las chicas prometieron caminar con las manos para no pisarlos, y el profesor se decidió por fin a inscribirlas.

Sacó un lápiz y un montón de papelitos, papeletas, papelotes y papelones, y les preguntó:

—¿Nombre?

—Blancarucha.

—¿Apellido?

—Nieves.

—¿Profesión?

—Señorita.

—¿Nombre?

—Blancachofa.

—¿Apellido?

—Nieves.

—¿Profesión?

—Señorita.

Y así anotó a las restantes, que se llamaban: Blancarita, Blancarota, Blancarina, Blancarufa y Blancatula Nieves.

Ya iba a empezar la clase de canto, cuando de atrás de un árbol salió el inspector de escuelas del bosque de Gulubú, que también era enanito pero más grande, es decir, enanote.

—¿Qué es esto? —rugió el inspector.

El profesor Carozo se cayó sentado del susto y sólo atinó a tartamudear:

—S... s... son las... se... señoritas de Nieves, señor inspector.

—¡Venimos a aprender a cantar como el grillo Canuto! —dijeron las siete al mismo tiempo.

El inspector sacó un librote de adentro de su gorro, lo abrió y empezó a hojear.

—Esto no puede ser —dijo—. El reglamento de escuelas de Gulubú dice que no puede haber un enanito y siete Blancanieves. Imposible. Voy a cerrar la escuela.

—Pe... pero, se... señor inspector —tartamudeaba Carozo.

—Nada de peros. ¿Dónde se ha visto? La aritmética y la historia nos enseñan que puede haber una Blancanieves y siete enanitos, pero jamás, réquete jamás más, un solo enanito y siete Blancanieves.

Las chicas se pusieron a llorar, el profesor a protestar, y todos los alumnos a hacer un bochinche impresionante.

Porque a todos les gustaban las siete hijas del jardinero Nieves, tan limpitas y con trenzas.

Tanto chillaron todos que el sapo Ceferino –la persona más sabia del bosque– los oyó, dobló el diario, guardó los lentes, apagó la pipa, y allá se fue a ver qué pasaba.

En cuanto llegó el sapo Ceferino, le propusieron ser juez de tan complicado asunto.

—¿Le parece justo, señor sapo Ceferino, que me cierren la escuela porque la aritmética y la historia dicen que no puede haber un enanito y siete Blancanieves? —preguntó el profesor Carozo haciendo pucheros.

El sapo Ceferino se rascó la cabezota, meditó durante 14 segundos y 35 minutos, y luego les contestó sabiamente:

—Guau.

Ante tan sabia declaración, el enanote inspector no pudo decir ni mu. Manoseó un poco su librote, se acomodó el gorro y dijo nerviosamente:

—No puede ser. El reglamento de escuelas de Gulubú dice además que esta escuela es para grillos, ranas, arañas solteras y otras personas chiquitas, pero no para siete Blancanieves grandes. ¡Eso jamás, réquete jamás más lo permitiré!

Pero el sapo Ceferino le replicó sabiamente diciendo:

—Guau.

Y como el sapo Ceferino era la persona más sabia del bosque, el inspector ya no le pudo discutir más.

No tuvo más remedio que cerrar su librote, guardarlo bajo el gorro y desaparecer furioso detrás de su árbol.

Blancarucha, Blancachofa, Blancarita, Blancarota, Blancarina, Blancarufa y Blancatula Nieves aprendieron muy pronto a cantar como el grillo Canuto.

Todos los domingos, por la radio de Gulubú, canta el coro de las siete Blancanieves, dirigido por el profesor enanito Carozo.

Su repertorio está compuesto de zambas cuya hermosa letra dice así:

Crítiqui críquiti cric...

Y valses, cuya hermosa letra dice así:
Chípiti chípiti chip...
Y rancheritas, cuya hermosa letra dice así:
Plímpiti plímpiti plimp...
Por eso, si ustedes alguna vez encuentran detrás de un árbol, o detrás de cualquier cosa, a un inspector enanote y sabihondo que les dice que no es posible que existan un enanito y siete Blancanieves, o que no es posible que exista cualquier otra cosa linda, ustedes pueden contestarle:

—Sí señor, existe, en el bosque de Gulubú.
O si no, respondan sabiamente, como el sapo Ceferino.

—Guau.

Y así termina, en jueves,
el cuento del enanito
y las siete Blancanieves.

CAPÍTULO 128

Donde se cuenta la historia de un árbol
maravilloso llamado Sombrera, y de un señor
malísimo llamado Platini, y de las cosas que hizo el
Viento para que todo terminara bien.

Había una vez un árbol tan bueno, pero tan bueno, que además de sombra daba sombreros.

Este árbol se llamaba Sombrera y crecía en una esquina del bosque de Gulubú.

Las gentes que vivían cerca acudían al árbol pacíficamente todas las primaveras, cortaban los sombreros con suavidad y los elegían sin pelearse: esta gorra para ti, este bonete para mamá, esta galera para el de más allá, este birrete para mí.

Pero un día llegó al bosque un comerciante muy rico y sinvergüenza llamado Platini.

Atropelló a todos los vecinos gritando:

—¡Basta, todos estos sombreros son para mí, me llevo el árbol a mi palacio!

Todo el mundo vio con gran tristeza

cómo el horrible señor Platini mandaba a sus sirvientes a que desenterraran el árbol.

Los sirvientes lo desenterraron y lo acostaron sobre un lujoso automóvil de oro con perlitas.

Una vez en el palacio, el señor Platini mandó a plantar la Sombrera en su jardín.

El árbol crecía raquítico y de mala gana, cosa que enfurecía al horrible señor Platini.

El señor esperaba que floreciera para poner una sombrerería y vender los sombreros carísimos y con ese dinero comprarse tres vacas y luego venderlas, y con el dinero comprarse un coche y venderlo, y con el dinero comprarse medio palacio más y luego venderlo, y con el dinero comprarse un montón de dinero y guardarlo.

Por fin llegó la primavera, y el árbol floreció de mala gana unos cuantos sombreritos descoloridos.

El señor quiso mandarlos a cortar inmediatamente, pero el Viento, que se había enterado de toda la historia, se puso furioso.

Y el Viento dijo:

—Yo siempre he sido amigo de los vecinos de Gulubú, no voy a permitir que les roben sus sombreros así nomás.

Y se puso a soplar como un condenado, arrancando todos los sombreros del árbol.

El señor Platini y todos sus sirvientes salieron corriendo detrás de sus sombreros, pero nunca los pudieron alcanzar.

Corrieron y corrieron y corrieron hasta llegar muy lejos, muy lejos del bosque de Gulubú y perderse en el desierto de Guilibí.

Entonces los vecinos aprovecharon y se metieron en el jardín del señor Platini y volvieron a trasplantar a su querido árbol al bosque de Gulubú.

El Viento estaba muerto de risa, y el árbol recobró pronto la salud.

Cuando volvió a florecer, los vecinos cosecharon sus sombreros sin pelearse.

Y el señor Platini se quedó solo y aburrido en el desierto, sin sombrerería, sin tres vacas, sin coche, sin medio palacio y, lo que le daba más pena, sin su montón de dinero.

Ah, y sin sombrero.

Y de esta manera
se acaba el cuento de la Sombrera.

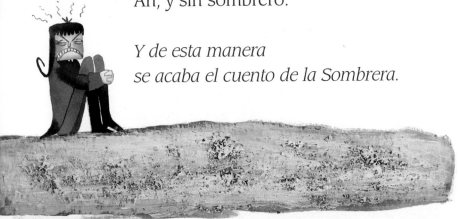

DON FRESQUETE

Había una vez un señor todo de nieve.
Se llamaba Don Fresquete.
¿Este señor blanco había caído de la Luna?
No.
¿Se había escapado de una heladería?
No.
Simplemente, lo habían fabricado los chicos, durante toda la tarde, poniendo bolita de nieve sobre bolita de nieve.

A las pocas horas, el montón de nieve se había convertido en Don Fresquete.

Y los chicos lo festejaron, bailando a su alrededor.

Como hacían mucho escándalo, una abuela se asomó a la puerta para ver qué pasaba.

Y los chicos estaban cantando una canción que decía:

A la rueda de Firulete,
tiene frío Don Fresquete.

Como todo el mundo sabe, los señores

de nieve suelen quedarse quietitos en su lugar.

Como no tienen piernas, no saben caminar ni correr.

Pero parece que Don Fresquete resultó ser un señor de nieve muy distinto.

Muy sinvergüenza, sí señor.

A la mañana siguiente, cuando los chicos se levantaron, corrieron a la ventana para decirle buenos días, pero...

¡Don Fresquete había desaparecido!

En el suelo, escrito con un dedo sobre la nieve, había un mensaje que decía:

SE HA MARCHADO
DON FRESQUETE
A VOLAR
EN BARRILETE

Los chicos miraron hacia arriba y alcanzaron a ver, allá muy lejos, a Don Fresquete que volaba tan campante, prendido de la cola de un barrilete.

De repente parecía un ángel y de repente parecía una nube gorda.

¡Buen viaje, Don Fresquete!

Y AQUÍ SE CUENTA LA MARAVILLOSA HISTORIA DEL GATOPATO Y LA PRINCESA MONILDA

Una vez, en el bosque de Gulubú, apareció un Gatopato.

¿Cómo era?

Bueno, con pico de pato y cola de gato. Con un poco de plumas y otro poco de pelo. Y tenía cuatro patas, pero en las cuatro calzaba zapatones de pato.

¿Y cómo hablaba?

Lunes, miércoles y viernes decía miau.

Martes, jueves y sábados decía cuac.

¿Y los domingos?

Los domingos, el pobre Gatopato se quedaba turulato sin saber qué decir.

Una mañana calurosa tuvo ganas de darse un baño y fue hasta la laguna de Gulubú.

Toda la patería lo recibió indignada.

—¿Qué es esto? —decían los patos—, ¿un pato con cola de gato?

Y como era lunes, el Gatopato contestó miau.

¡Imagínense!

¿Se imaginaron?

Los patos se reunieron en patota y le pidieron amablemente que se marchara, porque los gatos suelen dañar a los patitos.

Y el pobre Gatopato se fue muy callado, porque si protestaba le iba a salir otro miau.

Caminó hasta un rincón del bosque donde todos los gatos estaban en asamblea de ronrón, al solcito.

Y como el Gatopato los saludó diciendo miau, lo dejaron estar un rato con ellos, pero sin dejar de mirarlo fijamente y con desconfianza.

El pobre Gatopato se sintió muy incómodo entre gente tan distinguida.

Muchos días pasó el pobre completamente turulato y llorando a cada rato adentro de un zapato.

Hasta que una tarde pasó por el bosque la Princesa Monilda, toda vestida de organdí, y lo vio, llorando sin consuelo, a la sombra de un maní.

—¡Qué precioso Gatopato! —dijo la Princesa.

—¿De veras te parezco lindo, Princesa? —preguntó el Gatopato ilusionado.

—¡Precioso, ya te dije! —contestó la Princesa.

—Sin embargo, aquí en el bosque nadie me quiere —se lamentó el Gatopato.

—Si quieres, yo te puedo querer —le dijo la Princesa cariñosa.

—Sí, quiero que me quieras —dijo el Gatopato—, siempre que tú quieras que yo quiera que me quieras, Princesa.

—Yo sí que quiero que quieras que yo te quiera —respondió la Princesa.

—¡Qué suerte! —dijo el Gatopato.

—Hacía años que quería tener un Gatopato en mi palacio —dijo la Princesa.

Y lo alzó delicadamente, le hizo mimos y se lo llevó al palacio, donde el Gatopato jugó, trabajó, estudió y finalmente se casó con una sabia Gatapata.

La Princesa cuidó a toda la familia Gatipatil, dándoles todos los días una rica papilla de tapioca con crema Chantilly.

Y todos vivieron felices hasta la edad de 99 años y pico.

Y de este modo tan grato
se acaba el cuento del Gatopato.

PIU PIRIPIÚ

La mamá de Felipito Tacatún lo mandó a comprar media docena de huevos.

—Media docena de huevos... —repetía Felipito por el camino, para no olvidarse.

Porque era tan distraído, que a lo mejor se le ocurría comprar un tarro de moscas, o una escoba, o media docena de nubes.

Y le retumbaban en los oídos las palabras de su mamá:

—Cuidado, que los huevos están muy caros. A no tropezar y romperlos.

Felipito compró los huevos y salió del almacén caminando despacito, casi sin respirar y mirándose las zapatillas, bizco de preocupación.

En eso se oyó desde una rama:

—¡Pi piripí!

Felipito alzó los ojos para mirar al pájaro que cantaba tan bien cuando ¡zápate! tropezó, se cayó, y los huevos se hicieron añicos.

Allí nomás se sentó Felipe en el cordón de la vereda a llorar desconsoladamente.

El pajarito, al ver el zafarrancho, se descolgó en seguida de la rama y también se sentó en el cordón de la vereda, diciendo:

—¡Piu piripiú!

Felipito, triste y preocupado, le dijo:

—Ssh, no cantes.

—No estoy cantando —le dijo el pajarito—, te estoy ayudando a llorar.

—Bah, ¿qué diferencia hay entre tu canto y tu llanto?

—Mucha —le contestó el pajarito—, ¿no oíste que antes decía "pi piripí" y ahora digo "piu piripiú", que en idioma de pajarito quiere decir: "¡Qué desgracia!"?

—Sí —contestó Felipe—, pero con piu piripiú no vamos a remendar estos huevos rotos, y mi mamá me va a dar una buena paliza.

—Vamos a ver, vamos a pípiri ver —le contestó el pajarito—. Yo entiendo bastante de este asunto... Hace mucho, para nacer, yo tuve que romper un huevo con el pico, y romper un huevo desde adentro es mucho más difícil que remendar uno desde afuera, como todo el mundo sabe.

—¿Y cómo vas a hacer tú algo tan difícil?

—le contestó Felipe sin ninguna esperanza.

—Probemos —dijo el pajarito—, vamos a ver, vamos a pípiri ver.

El pajarito voló hasta su nido, revolvió entre sus cachivaches y sus juguetes viejos y volvió trayendo un carretel de hilo de telaraña, una aguja, un poquito de baba del diablo y una pizquita de leche de higo.

Entre los dos volvieron a llenar, como pudieron, las cáscaras con sus claras y sus yemas.

—Pero —decía Felipito—, estas yemas están sucias de barro.

—Ssh —le contestaba el pajarito, que muy apurado cosía las cáscaras con la telaraña, luego pegoteaba las grietas con leche de higo y reforzaba todo con baba del diablo.

Pronto estuvieron en fila los seis huevos, un poquito sucios y remendados, pero huevos al fin.

—Gracias, pajarito —gritó Felipe muy contento.

Y el pajarito le contestó, mientras volvía volando a su nido:

—¡Pi piripí!

Felipito llegó a su casa, la mamá abrió el

paquete, vio muy asombrada los huevos remendados, miró de reojo a su hijo y murmuró:

—Hum.

Los partió y vio muy enojada las claras y las yemas revueltas y sucias de barro, pelusa, piedritas y leche de higo.

—¡Otra vez tropezaste! ¿No te dije que no tenía dinero para comprar más huevos? ¡Mereces una buena paliza por distraído, boquiabierta y tropezador! ¡Ahora no tenemos qué comer!

Y le dio una buena paliza y lo mandó a la cama.

Felipito se tiró en su cama y, restregándose la cola dolorida, se puso a llorar y llorar y réquete llorar.

En eso oyó una vocecita que decía:

—¡Piu piripiú!

Felipe se levantó, fue hasta la ventana y vio que allí, en una rama, estaba su pajarito ayudándolo a llorar otra vez.

—Ya estoy enterado —le dijo el pajarito—, te retaron, te pegaron... lloremos, Felipe: ¡piu piripiú, piu piripiúúúúú!

Felipe iba a llorar otra vez, pero... miró bien al pajarito y dijo:

—No, no hace falta llorar más.

—¿Cómo no va a hacer falta, en medio de tantas desgracias? —le contestó el pajarito asombrado—. Sí que hace falta: ¡¡¡pipiú, piri-piú, piupiripiúúúúúú!!!

—Pero te digo que no —lo interrumpió Felipe—, qué me importan los retos y las pali-zas, si hoy he encontrado un amigo como tú... No quiero que llores, quiero que cantes, por-que es tan lindo oírte cantar y ser tu amigo que me olvido de todas mis desgracias.

Y el pajarito, luego de pensar un rato, le contestó:

—Tienes razón, cantemos.

Y los dos juntos cantaron:

—¡Pi piripí!

Y verdolín verdolaga,
este cuento así se acaba.

Y AQUÍ ME PONGO A CONTAR UN CUENTO POLAR

Pupulik era un chico esquimal que vivía con su familia en un iglú, esas casitas redondas como un nido de hornero, pero todas de hielo.

Un buen día la familia decidió salir a cazar, y para eso el papá enganchó los perros en el trineo y ¡zzzummm! allá salieron todos patinando sobre el hielo frío frío frío.

En una de esas ¡zápate! el trineo dio una vuelta muy brusca y el pobre Pupulik se cayó sentado y allí se quedó solo solo solo.

El trineo iba tan rápido y los perros ladraban tan fuerte que nadie oyó los lamentos del pobre Pupulik.

Y allí se quedó sentadito llorando, esperando que volvieran a buscarlo, con la cola helada helada helada.

La verdad es que no lloró demasiado porque los chicos esquimales son muy valientes.

En eso oyó una voz que decía:

—¡Poooobre Pupuliiiik!

Quien hablaba era una señora Foca, muy elegante en su lustroso abrigo de piel de foca, con un sombrerito de escamas y unos lujosos mocasines de charol.

—Buenos días, señora —dijo Pupulik, que era muy educado aun en los peores momentos.

—¿Qué te pasa? —preguntó la Foca, afligidísima.

—Me caí del trineo de mi papá, señora, y él ni se dio cuenta.

—Pero qué calamidad —dijo la señora—. Si quieres, yo te llevo a upa y vamos a buscar a tu familia.

—Bueno —dijo Pupulik, y saltó sobre el lomo de la señora.

Y allá fueron, a los saltitos sobre el hielo. Pupulik se agarraba de los bigotes de la señora Foca para no caerse otra vez.

Después de mucho trotar encontraron por fin el trineo de la familia de Pupulik, que volvía a buscarlo.

El padre, que era cazador antes que nada

y tenía muchas bocas que alimentar, quiso cazar a la señora Foca inmediatamente.

Pupulik le pidió por favor que no, que la señora Foca había sido muy atenta, que le había dado calor con su aliento, y consuelo con sus palabras cariñosas. Que se habían hecho amigos y que patatín y patatán.

Pero el padre de Pupulik no le hizo caso, y con sus fuertes brazos levantó a la señora Foca, la amarró, la puso en el trineo y se la llevó a su casa.

¿Se imaginan qué horror?

¿Se imaginan qué catastrófica injusticia?

En el camino de vuelta, la mamá y los hermanos de Pupulik conversaron con la señora Foca y descubrieron que era muy atenta y bien educada.

Llegaron por fin al iglú, y allí el padre de Pupulik se encontró con una verdadera revolución.

Toda la familia se había encariñado con la señora Foca y, aunque tenían mucha hambre y habían cazado poco, no le permitieron que la matara.

La pobre señora Foca esperaba temblando que decidieran sobre su destino.

Le resbalaban por la trompa gruesos lagrimones que iban a parar congelados a la punta de sus bigotes.

Mientras la familia discutía, la pobre Foca parecía una lámpara llena de caireles de hielo.

Por fin el cazador accedió, de mala gana, a salvarle la vida.

¡Menos mal!, ¿no?

Pupulik corrió a abrazar a su amiga y era tanta su confusión que le dijo:

—¡Tía!

La señora Foca le dio un besito con su trompa de terciopelo y le prometió que jugarían a la pelota.

Desde ese día la señora Foca les ha sido fiel, y monta guardia junto al iglú, previniéndoles si se acerca algún enemigo.

Pupulik, todas las mañanas, le sirve un rico plato de pescaditos plateados plateados plateados.

Ya ven que no acabó mal
este cuentito esquimal.

MARTÍN PESCADOR Y EL DELFÍN DOMADOR

Había una vez un pescador que, como todos los pescadores, se llamaba Martín.

Pescaba unos peces que, como todos los peces, andaban haciendo firuletes bajo el agua.

Y el agua era de mar, de un mar que, como todos los mares, estaba lleno de olas.

Unas olas que, como todas las olas, se empujaban unas a otras diciendo patatrún patatrún patatrún.

Un día Martín arrojó el anzuelo y ¡zápate! sintió que había picado un pez muy grande.

Trató de enrollar el hilo, pero el pez era fuerte y tironeaba como un camión.

Tanto tironeó que arrastró a Martín por la arena de la playa.

Pero Martín era muy cabeza dura.

No iba a dejarse pescar así nomás y mucho menos por un pez.

De modo que con una mano se sujetó el

gorro y con la otra siguió prendido de su caña.

Cuando Martín se quiso acordar, ya estaba metido en el agua, arrastrado a toda velocidad hacia el fondo del mar.

—¡Qué raro! —dijo Martín—, yo debería tener miedo, y sin embargo este paseo me gusta... y lo más gracioso es que no me ahogo... Lo que sucede es que, de tanto pescar, estoy "pescadizado" y puedo respirar bajo el agua.

Así pensaba cuando de pronto ¡zápate! su vehículo se detuvo en seco. Es decir, no tan en seco porque el mar está siempre bien mojado.

—Parece que hemos llegado, pero ¿adónde? —se preguntaba Martín, muerto de curiosidad.

Había llegado a una enorme gruta llena de peces de colores que tocaban el saxofón, de langostinos vestidos de payasos, de pulpos con bonete y otras cosas rarísimas y marítimas.

Sobre la gruta había un gran cartel escrito en pescadés, que decía:

GRAN CIRCO DEL DELFÍN PIRULÍN

—¡Esto sí que está bueno! —pensó Martín—, ¡un circo en el fondo del mar!

Inmediatamente llegaron un montón de ballenatos y arrastraron a Martín hasta la pista, en el fondo de la gruta.

Y un tiburón vestido de locutor anunció:

—¡Pasen, señores, pasen a ver la maravilla del siglo, pasen a ver el fenómeno! ¡Por primera vez, en el fondo del mar, un auténtico Martín Pescador pescado! ¡Pasen, señores, y vean cómo el gran Delfín Domador Pirulín va a domar a este pescador salvaje!

—Eso sí que no —protestó Martín—, yo quiero ver la función, pero a mí no me doma nadie.

Los peces pekineses, los langostinos finos, los camarones cimarrones, el pulpo con la señora pulpa y los pulpitos, todos hicieron cola para sacar entradas y ver al fenómeno.

A Martín, claro, no le gustaba que lo miraran con ojos de pez, y forcejeaba para escaparse, pero dos enormes tiburones disfrazados de mamarrachos lo agarraron con sus aletas y no lo dejaron ni respirar, a pesar de que Martín respiraba bastante bien bajo el agua.

Por fin, entre grandes aplausos, entró el Domador, un Delfín gordo como tres buzones, con chaqueta colorada, charreteras de alga y botones de nácar.

Martín ya estaba enfurecido y el Delfín se disponía a domarlo nada más que con una ballenita para cuellos de camisa, porque en el mar no hay sillas; y no hay sillas, parece, porque los peces nunca se sientan.

Desfilaron cientos de miles de millones de milloncitos de millonzotes de peces y bicharracos de toda clase para ver el gran número del Circo.

Martín no se dejaba domar así nomás, pero se estaba cansando y tenía mucha sed, es decir, ganas de tomar un poco de aire.

Peleaban duro y parejo, y Martín ya iba a darse por vencido cuando de pronto se oyó en el Circo la siguiente palabra mágica:

—¡Pfzchztt!

A pesar de que esta palabra mágica había sido pronunciada muy bajito, su tono fue tan autoritario que el público hizo un silencio impresionante.

Las ostras se quedaron con la boca

abierta, y todos miraron hacia la entrada.

El Delfín Domador Pirulín se quedó quieto, dejó de domar a Martín, se quitó la gorra e inclinó la cabeza.

Martín se preguntó:

—¿Y ahora qué pasa? ¿No me doman más?

Se escuchó otra vez una voz muy suave y chiquita que dijo:

—¡Pfzchztt!

Y todos, silenciosa y respetuosamente, le abrieron paso a la dueña de la voz.

Martín, que era muy educado, también se quitó el gorro y saludó.

Entraba en la gruta, lenta y majestuosamente, una Mojarrita con corona de malaquita y collar de coral.

—¿Quién será ésta que los deja a todos con la boca abierta? —se preguntó Martín.

El Delfín Domador Pirulín le adivinó el pensamiento y le dijo al oído:

—Es Su Majestad Mojarrita V, Reina del Mar, el Agua Fría y el Río Samborombón.

—Ah... —comentó Martín—, me parece cara conocida.

La Reina Mojarrita se acercó a Martín y le dio un besito, ante el asombro y la envidia de todos.

Martín se puso colorado y no supo qué pensar de todo esto.

Después de un largo y misterioso silencio, la Reina habló. Con una voz tan chiquita que tuvieron que alcanzarle un caracol como micrófono. Y dijo así:

—¡Pfzchztt! Yo, Mi Majestad Mojarrita V, Reina del Mar y el Agua Fría y el Río Samborombón, ordeno: ¡Basta de domar a Martín Pescador! ¡Basta, réquete basta, y el que lo dome va a parar a la canasta, y el que sea domador va a parar al asador!

—Gracias, Majestad —tartamudeó Martín emocionado.

—¡Pfzchztt!, prosigo —interrumpió la Reina—: Martín me pescó una vez, hace un mes o cinco o tres, cuando yo era chiquitita y me bañaba en camisón en el Río Samborombón.

—Claro —dijo Martín—, ya me acuerdo, con razón me resultaba cara conocida, Majestad...

—¡Pfzchztt!, prosigo —interrumpió la

Reina—: Martín me pescó, pero le di lástima y, sin saber que yo era Princesa, volvió a tirarme al agua. Ahora yo quiero devolverlo a la tierra, y lo enviaré en mi propia carroza, lleno de regalos y paquetitos.

Y así fue como Martín volvió a su playa en una gran carroza tirada por 25.000 tiburones disfrazados de bomberos, mientras la banda de langostinos tocaba un vals, las ostras le tiraban perlas y el Delfín Domador Pirulín le hacía grandes reverencias.

Martín volvió a su casa y, como no era mentiroso, todo el mundo creyó en su aventura.

Lo único que no le creyeron del todo fue que Su Majestad Mojarrita V, Reina del Mar, el Agua Fría y el Río Samborombón, no sólo le hubiera dado un besito al reconocerlo, sino que le había dado otro besito al despedirlo.

Y así llegamos al fin
de la historia de Martín
con el Delfín Pirulín.

CAPÍTULO 3

Donde se cuentan las catastróficas
aventuras de una señora y su nene.

La distinguida señora doña Elefanta Trompitelli de Barriguini miraba las vidrieras de la calle Chacabuco, con su Nene prendido de su cola.

La señora quería comprar mocasines para su Nene.

Por la calle Chacabuco no suelen salir las señoras Elefantas, de modo que se armó una terrible tremolina.

—No sé qué nos ven de raro —decía doña Elefanta.

Entraron por fin en una zapatería y la llenaron toda con sus pancitas y sus orejotas.

El vendedor, muy asustado, dijo que no tenía mocasines para elefante.

A pesar de todo, doña Elefanta quiso probarle algunos a su Nene. Pero, efectivamente, ninguno le entraba.

Le dieron las gracias al vendedor y salieron trabajosamente por la puerta.

Recorrieron veinticinco zapaterías y en ninguna había mocasines para elefante.

El Nene se puso con trompa.

Al pasar por un bazar, doña Elefanta vio unas preciosas cacerolas, enormes, de esas que se utilizan para preparar la comida de un regimiento.

Entraron forzando un poco el marco de la puerta y, antes de que el vendedor tuviera tiempo de desmayarse, doña Elefanta le pidió dos pares de cacerolotas para las patitas de su Nene.

Se las probó y le quedaron perfectas.

¡Menos mal!

Doña Elefanta pagó y salieron muy contentos a la calle, rompiendo un poco la pared del bazar.

Los mocasines de aluminio del Nene hacían clin clan chin chan plin plan por la calle.

—Vamos a tener que ponerles suela de goma —dijo la señora de Barriguini—, no me gusta llamar la atención.

Pero esto no es nada.

Todavía le quedaba una compra por hacer a la distinguida señora.

Tenía que comprar un guardapolvo,

porque el Nene estaba a punto de entrar al Jardín de Elefantes para aprender a leer.

El Nene, que no tenía ganas de ir a la escuela, se puso con trompa.

En la tienda, el vendedor le mostraba guardapolvos y el Nene a todos les encontraba defectos: que eran chicos, que no tenían un ratón bordado, que los botones no eran de caramelo, que patatín y que patatán.

Como la mamá insistía, el Nene tuvo un ataque de rabieta y empezó a hacer un zafarrancho descomunal: revoleaba los guardapolvos y los arrojaba por todos lados.

La calle Chacabuco quedó sembrada de guardapolvos: por el suelo, por los árboles, por los balcones.

Entonces apareció un Vigilante y dijo:

—Señora, o su Nene ordena esto, o va a parar al Zoológico en calidad de detenido.

El Nene temblaba como un ratón, pegado a su mamá.

No tuvo más remedio que recoger los guardapolvos, uno por uno, doblarlos con la trompa y volver a ponerlos en los estantes de la tienda.

Una vez restablecida la calma, y con el Vigilante siempre vigilando, no tuvo más remedio que probarse algunos.

Naturalmente, todos le quedaban chicos. O chico de mangas, o chico de cintura, o chico de sisa, o chico de botones.

Pero la señora de Barriguini no se dio por vencida.

Fue a la tienda de al lado y compró seis docenas de sábanas para coserle el guardapolvo ella misma.

Así lo hizo, y el Nene no tuvo más remedio que ir a la escuela, como todos los nenes, sólo que él, en vez de un sandwichito, en el bolsillo del guardapolvo llevaba 14 bananas, 25 naranjas, 67 panes y 89 chocolatines.

Este cuento nos enseña que es feísimo tener rabietas y estar con trompa, y que en la calle Chacabuco no se consiguen guardapolvos para elefante.

Ah, me olvidaba de una cosa. La señora de Barriguini todavía no sabe qué nombre ponerle a su Nene. Probó varios, pero al Nene ninguno le gusta. ¿A ustedes no se les ocurre un lindo nombre? ¿Cómo se podría llamar un

Elefante más o menos grande así, de color gris nublado, que usa capita escocesa los días de lluvia y va a la escuela con mocasines de cacerola?

Si se les ocurre un nombre, escríbanlo aquí:

Nombre del Elefante:

_____

EL PAQUETE DE OSOFETE

Había una vez un oso que se llamaba Osofete, de apellido Colorete.

Pues señor, este oso estaba triste porque no encontraba novia.

Y no encontraba novia, no porque fuera un oso calamitoso, sino sencillamente porque en todo el bosque de Gulubú no había ninguna osa.

Y, como ustedes podrán imaginarse, por más mimoso que sea un oso, y por más ganas que tenga de casarse, no puede casarse con una lombriz, ni con una elefanta, sino solamente con una señorita osa.

Por eso Osofete se sentía muy triste y solitario, y se paseaba todas las mañanas suspirando.

Cada suspiro de Osofete era un enorme ventarrón que dejaba los árboles sin una sola hoja.

Estaba triste como una chaucha, triste triste como un canario sin alpiste.

Había enflaquecido de pena, de modo que su grueso sobretodo de piel le colgaba por todas partes en desprolijos pliegues.

Una vez, mientras paseaba buscando nueces para el desayuno, encontró un paquete caído en una esquina del bosque.

Se acercó, lo husmeó con desconfianza y decidió llevárselo a su casa, muerto de curiosidad.

Lo levantó delicadamente con los dientes, y allá se fue Osofete trotando con su paquete.

Le costó mucho desatar un moño tan lindo y prolijo con sus enormes manotas.

Le costó mucho desenvolverlo, pero por fin lo abrió y... se cayó sentado de la sorpresa.

Allí, entre el papel y el moño deshecho, había un oso.

Un oso más chiquito, claro, pero oso al fin.

—Patatip —dijo Osofete.

Y el otro oso repitió:

—Patatip.

—¡Un oso, un oso, qué maravilloso! —dijo Osofete.

Y como la tristeza lo había entontecido

mucho, Osofete no se dio cuenta de que lo que había encontrado era simplemente un espejo.

Fue tal su emoción y su tontera, que dijo:

—Pobrecito, qué flacucho está.

Y antes de que el otro oso pudiera repetir la frase, Osofete salió corriendo a buscarle nueces y garbanzos y chupetines de perejil y medialunas y café con leche.

Volvió con las provisiones y comió lleno de satisfacción al ver que su amigo también comía y masticaba haciendo crunch crunch y crash crash, igual que él.

Osofete era tan atropellado que ni siquiera pensó en aburrirse de que su amigo repitiera siempre sus mismas palabras.

(En realidad no las repetía, sino que la casa de Osofete quedaba dentro de una caverna y tenía eco.)

Tampoco se aburría de que su amigo repitiera sus propias muecas, naturalmente.

Esa noche se fue a dormir muy tranquilo y con gran alegría en su corazón.

—Mañana, cuando esté descansado —pensaba Osofete—, le preguntaré si no tiene una hermana osa que quiera casarse conmigo.

Apagó la vela, se puso el gorro y los escarpines y roncó toda la noche.

A los tres meses, tempranito se despertó y vio cómo su amigo en el espejo se desperezaba junto con él.

—¿Vamos afuera a bailar la rancherita? —le preguntó.

Y oyó cómo su amigo le contestaba entusiasmadísimo:

—¿Vamos afuera a bailar la rancherita?

Y allá se fue Osofete a bailar la rancherita con su espejo pegado a la nariz.

En lo mejor del baile decidió preguntar tímidamente:

—¿Por casualidad no conoces ninguna señorita osa que quiera casarse conmigo?

Por supuesto que el otro oso no dijo nada.

Al aire libre, no escuchaba repetidas sus propias palabras como con el eco de la cueva.

Osofete, entonces, no tuvo respuesta, cosa nada rara ya que los espejos no hablan.

Y se puso de mal humor, e insultó a su amigo diciéndole:

—¡Chimpetecápateplafff!

Al no recibir respuesta, su indignación fue

tan grande que arrojó a su amigo contra una piedra, de modo que el espejo se hizo añicos.

En cuanto el espejo hizo ¡crash! al romperse, un eco le contestó ¡buaaah!

Osofete creyó que el que lloraba era el oso de adentro del espejo.

Pero no.

Osofete se dio vuelta y vio que quien lloraba era... imagínense.

¿Se imaginaron?

¡Era una osa!

¡Una osa preciosa, hermosa, pomposa y maravillosa!

Una osa que lloraba con un pañuelito blanco pegado al hocico.

—¡Me has roto mi espejo!—gruñía desconsolada—, ¡el espejo que perdí el lunes cuando paseaba por el bosque!

—¡Cuánto lo siento! —dijo Osofete, sin dejar de enamorarse de ella inmediatamente.

Osofete se agachó y trató de recoger los restos del espejo.

—¡Buaah! no me sirven —protestó la osa—, ¡ya no tendré dónde mirarme cuando me peine las orejas!

—Pero me puedes tener a mí —le contestó Osofete—, y yo te diré siempre la verdad, igual que el espejo: te diré que estás linda.

—¿Sí? —preguntó la osa con desconfianza, pero sin dejar de enamorarse inmediatamente de Osofete.

—Sí, no tienes más que casarte conmigo, ¿quieres? —preguntó tímidamente Osofete.

—Voy a ver —contestó la osa.

Cosa que en idioma de osa quiere decir: sí.

Osofete la tomó de la manota, y allá se fueron los dos a invitar a todo Gulubú a su casamiento.

La osa era tan maravillosa y bailaba dando tan graciosos saltos, que un ratón corto de vista que pasaba por allí preguntó:

—¿Pero ésa es una osa o una mariposa?

Después de la gran fiesta de bodas, Osofete la llevó a su casa y le puso en la cabeza el mismo moño que había atado al paquete con el espejito.

Y fueron muy felices.

La osa no lamentó nunca más haber perdido el paquete con su espejo, porque cada vez que se peinaba las orejas, Osofete estaba delante de ella diciéndole:

—Estás hermosa, pomposa, graciosa y maravillosa como una mariposa.

Y así, con un firulete,
se acaba el cuento de Osofete.

LA LUNA Y LA VACA

Como ustedes saben, la Luna es una señora redonda, monda, oronda y lironda, que está siempre sentada en el cielo.

Y también habrán pensado muchas veces: ¿la Luna no se aburre allá arriba, tan sentada?

Ahora que los hombres ya van a visitarla, ¿no se le habrá ocurrido nunca jugar a las visitas con nosotros?

Podríamos hacerla saltar, botar y rodar como una pelota blanca.

Pues bien, yo les contaré un secreto, pero no lo repitan a nadie:

Hace mucho, mucho tiempo, cuando la Luna era chiquita, bajaba a la Tierra todos los lunes.

Sí, venía a jugar y a hacer travesuras.

Y bajaba sin permiso del Sol, que se quedaba allá arriba sentado en su trono, muerto de calor, mirándola de reojo muy enojado.

Y la Luna chiquita se divertía mucho aquí en la Tierra.

Jugaba con los gatos, los chicos, las

mariposas y las ovejas. Se bañaba en los arroyos y rodaba por los toboganes. Se caía de las hamacas y botaba por las calesitas. Pero un lunes... un lunes le pasó un accidente, pobre Luna, y desde entonces no quiso volver más a la Tierra.

Se quedó sentada en el cielo para siempre, redonda, monda, oronda y lironda, repitiendo una triste canción que dice:

No, no, no,
a la Tierra no vuelvo yo,
que una Vaca me lamió
y eso sí que no me gustó,
no, no, no.

Y ahora les contaré, en secreto, qué le pasó a la Luna cuando bajó a la Tierra hace muchos, muchos años, por última vez.

Resulta que vino rodando por el cielo, como todos los lunes.

Aterrizó en un campito verde lleno de flores y mariposas.

El Sol brillaba muy fuerte, de puro enojado que estaba con la escapada de la Luna. Como se había agachado para mirarla mejor, hacía mucho calor.

La Luna se bañó en el arroyo para refrescarse y después se sentó en el pastito muy tranquila cuando, como todos los lunes, se le acercaron sus amigos: chicos, sapos, ovejas, mariposas y grillos.

Se pusieron todos a jugar, y la Luna rodaba de aquí para allá, de allá para aquí, riendo en jajajá y riendo en jijijí.

Jugaron a la escondida, a la mancha venenosa, al Martín Pescador... bailaron la rancherita y el pericón, hasta que por fin los chicos tuvieron que irse al colegio, las ovejas a almorzar, los grillos a cantar y las mariposas a mariposear.

La Luna se quedó sola y, como estaba muy cansada de tanto brincar, decidió dormir una siestita.

Durmió un rato muy largo.

Cuando se despertó, el Sol ya estaba resbalando por el horizonte, sin dejar de mirarla de reojo y con las cejas arrugadas como si fueran dos ciempiés.

Al despertarse, la Luna sintió algo muy raro en la cabeza.

Una cosa áspera, caliente y húmeda la acariciaba torpemente.

—¿Pero qué es esto? —gritó la Luna asustada.

Y se encontró con los ojos tontos y vacunos de una Vaca que la estaba lamiendo entusiasmada.

La Luna se tocó la cabezota y notó con horror que le faltaba un buen pedazo.

La Vaca, a todo esto, se relamía.

—¡Pero qué barbaridad! —le dijo la Luna—. ¡Me has estado lamiendo durante toda la siesta con esa lengua grandota y de papel de lija! ¿No te da vergüenza, Vaca vacuna?

La pobre Vaca se disculpó diciendo:

—Tunúus rucu gustu u sul, u cumu u mú mu gustu muchu lu sul...

(Las vacas hablan solamente con la U, de modo que esto, traducido del vacuno al castellano, quiere decir: "Tenías rico gusto a sal, y como a mí me gusta mucho la sal...".)

Y la pobre Luna se puso a llorar.

—¡Ahora sí que el Sol me va a retar, y con toda razón, porque ya no soy redonda, monda, oronda y lironda, me falta un pedazo, parezco un huevo!

La Luna lloraba frotándose tristemente el pedazo de cabeza que le faltaba.

A todo esto, la Vaca se relamía, y como única palabra de consuelo y disculpa, decía atentamente:

—Muuuuu.

El Sol se tapó con una nube y desapareció, para no seguir presenciando tamaña calamidad.

La Luna, tristísima, se volvió al cielo, donde algunas veces, cuando se da vuelta un poquito, ustedes le podrán ver el buen pedazo de Luna que le gastó la Vaca con su lengua de lija.

Por eso ahora la Luna prefiere no bajar más a la Tierra, y se queda sentada en el cielo todas las noches, repitiendo esa triste canción que dice:

No, no, no,
a la Tierra no vuelvo yo,
que una Vaca me lamió
y eso sí que no me gustó,
no, no, no.

Y a las tres, a las dos y a la una,
se acabó el cuento de la Luna.

LA REGADERA
MISTERIOSA

Felipito Tacatún era muy distraído.
Distraído, boquiabierto y desmemoriado.

Qué le vamos a hacer, cada cual tiene sus defectos, ¿no?

Una vez, la mamá lo mandó a regar las plantas.

Felipito, naturalmente, se olvidó de llenar la regadera.

Y ni siquiera se dio cuenta de que igual salía agua y que las flores la bebían muy contentas.

Al rato fue la mamá al jardín y vio que las plantas estaban medio loquitas.

Las flores se reían y bailaban el vals, mientras las hojas aplaudían y los yuyos dormían la siesta.

—¿Con qué has regado estas plantas, Felipito?

—Con la regadera, mamá.

—Pero esa regadera no tenía agua, sino

vino —dijo la señora de Tacatún—, porque estas plantas están todas borrachitas.

Efectivamente, estaban borrachitas.

Felipito trajo la regadera para que su mamá la inspeccionara y ¡oh sorpresa! esta vez la regadera no estaba llena de vino, sino de leche.

La mamá se apresuró a preparar una enorme mamadera para el hermano de Felipito.

Cuando terminó, dijo:

—Felipito, alcánzame otra regadera de leche.

Y cuando su hijo se la alcanzó, resulta que estaba llena de jugo de naranja con azuquita.

Naturalmente, Felipito se lo tomó todo sin respirar.

Y así siguieron las cosas.

No había duda de que la regadera era mágica, misteriosa y chiripitifláutica.

Un día se llenaba de leche, otro día se llenaba de tinta china, otro día se llenaba de caldo de gallina, y los domingos se llenaba de cerveza.

Así, porque sí.

Pero jamás, réquete jamás más volvió a llenarse de agua.

Qué lindo, ¿no?

Pero, ¿y las plantas?, preguntarán ustedes.

Hubo que regarlas, en adelante, con la manguera.

Y de esta manera
se acaba el cuento de la regadera.

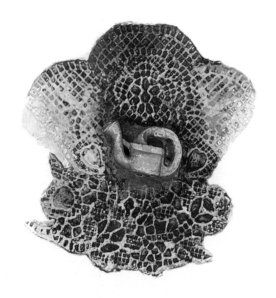

PAPALINA, LA TORTUGA CON VERRUGA

Las tortugas, cuando se ponen a vivir, no tienen cuándo acabar.

Así fue como la tortuga Papalina –una de las vecinas más antiguas del bosque de Gulubú– cumplió un día 186 años y medio.

Ni uno más, ni medio menos.

El día de su cumpleaños, Papalina fue como siempre a tomar agua al charquito, y allí se acercaron sus amistades a felicitarla.

—¡Qué bien conservada estás, Papalina! —decían las tortugas con sus voces tembleques y cascadas.

Todas usaban lentes y bastón, todas menos Papalina, cosa que les causaba un poquito de ese feo sarampión llamado envidia.

Papalina se miraba en el agua del charquito, y claro, como era bastante corta de vista, no se veía sus muchas arrugas, su cuello que parecía un bandoneón, y sus párpados como guardabarros de camión.

—Es cierto, no tengo ni una arruga —les dijo Papalina a sus amigas.

Pero una de ellas se acercó a mirarla con impertinentes y observó con cierta malignidad:

—No tienes arrugas Papalina, pero tienes una verruga, la veo muy bien.

—¿Yo? —respondió Papalina sorprendida—. ¿Yo? Pero si jamás he visto una tortuga con verruga, no puede ser.

—Sin embargo, así es —repitieron todas en coro—, y una verruga muy fea.

—¿Y dónde tengo esa dichosa verruga? —preguntó Papalina.

—Allí, en el cuello, Papalina, y si la dejas crecer, pronto no podrás meter la cabeza dentro de tu caparazón.

—Pero qué barbaridad —comentó Papalina—, tener una verruga yo, que soy tan joven, que hoy cumplo apenas 186 años y medio, ni uno más ni medio menos... ¿Y qué puedo hacer para quitarme esa fea verruga, chicas? —preguntó Papalina a sus amigas.

—Tendrás que ir al Instituto de Belleza de Gulubú, querida —contestaron las amigas.

(El Instituto de Belleza de Gulubú está a cargo de la famosa rana Palmira.)

El Instituto quedaba como a diez leguas de distancia, y las tortugas sabían que, no habiendo tranvía en el bosque, la pobre Papalina iba a tardar cincuenta años en llegar.

Pero Papalina era muy coqueta y decidió que, por lejos que quedara, ella iba a ir al Instituto para que le extirparan su fea verruga.

Y ahí nomás se despidió y se puso en marcha llevando una maletita y cantando una canción que decía así, con la música de *Yo no soy buena moza:*

Yo tengo una verruga
yo tengo una verruga
y no puede ser
y no puede ser,
porque muchas tortugas
porque muchas tortugas
se echan a perder
se echan a perder...

Papalina desapareció, y al día siguiente las tortugas estaban diciendo chismes sobre ella, cuando las interrumpió el ruido de un galope. Como eran muy sordas, creyeron que se trataba de una chicharra.

Pero no.

No era una chicharra, era un galope de caballo.

De pronto se les apareció un mensajero del Rey, que, si no detiene bruscamente su caballo, las pisa.

Las tortugas, muertas de miedo, se escondieron dentro de sus caparazones.

Querían disparar, pero al mismo tiempo no se atrevían a sacar las patitas afuera.

El mensajero gritó:

—¡Alto, en nombre del Rey!

Y además sacó una cornetita y tocó turututú para que las tortugas se impresionaran todavía más ante tanta autoridad.

Luego desenrolló un largo papel y leyó el siguiente mensaje oficial:

—Señoras tortugas de Gulubú, solteras, casadas y bizcas: Por orden del Rey procederé de inmediato a buscar entre ustedes una tortuga con verruga.

—Nosotras no tenemos —chilló una.

Luego supusieron que el Rey quería

premiar a la que tuviera verruga y, como en el fondo eran chismosas pero no malas, pensaron: ¡Pobre Papalina, lo que se pierde por haberse marchado al Instituto!

Y una dijo:

—La única tortuga con verruga en Gulubú es Papalina...

—Pero ayer se fue —añadió otra.

—¿Para qué la quería, señor? —preguntó una tercera, tan curiosa como desconfiada.

—¡Para hacer sopa de tortuga con verruga! —fue la inesperada cuanto espantosa respuesta del odioso mensajero del Rey.

Las tortugas temblaron espantadas y una se desmayó.

Y el mensajero añadió:

—Según los médicos y boticarios de Su Majestad, la sopa de tortuga con verruga es lo único que puede salvar a la Princesa de su gravísimo y rubicundo sarampión... ¿Dónde está esa tortuga con verruga llamada Papalina? ¿Dónde?

Las tortugas se hicieron las tontas y señalaron distintas direcciones para despistar al odioso mensajero del Rey.

Pero el mensajero no les hizo caso y salió galopando en busca de la pobre Papalina.

—¡Pobrecita! —lloriquearon las tortugas—, tener que morir tan joven, y de muerte tan horrible, ¡hervida en una olla!

Ya era casi de noche cuando el odioso mensajero del Rey tropezó por fin con Papalina en una esquina del bosque de Gulubú.

Papalina, imprudente, se había detenido a comprar un chupetín de remolacha frita.

El mensajero la hizo upa sin pedir permiso.

Papalina se dio tal susto que ni siquiera atinó a pedir socorro.

El mensajero del Rey la revisó con sus feos y sucios dedos, descubrió la verruga y, con una sonrisa siniestra, se guardó a Papalina en el bolsillo.

La pobre Papalina era la primera vez que andaba a caballo y en bolsillo, y estaba muerta de susto.

Llegaron por fin al palacio, y allá fue el mensajero derechito a la cocina con Papalina, para que la hirvieran en una cacerola e hicieran la sopa para la Princesa.

¿Se imaginan qué horror?

—¿Estás seguro de que tiene verruga? —preguntó el cocinero desconfiado.

—¡Por supuesto! —contestó el odioso mensajero del Rey.

—¿A verla...? —preguntó la Princesa con voz sarampionosa desde su cuarto.

Y el mensajero le llevó a Papalina a la cama, en una bandejita de platino y cuarzo.

Papalina temblaba de espanto, pero no escondía la cabeza porque tenía mucha curiosidad por conocer personalmente a una Princesa, a quien sólo había visto en las revistas.

La Princesa se incorporó en su cama, sintió de inmediato una gran simpatía por Papalina y una gran desconfianza por el odioso mensajero.

—Voy a revisarla yo misma, a ver si tiene verruga —dijo la Princesa.

Papalina se sentía muy orgullosa de ser revisada por dedos tan finos, que le hacían cosquillas en el cuello.

—Pero si esta pobre tortuga no tiene verruga —dijo la Princesa—. Esto que tiene en el cuello es una hormiga dormida...

La Princesa tomó a la hormiga con sus finos dedos y la puso en el suelo.

La hormiga dijo:

—Buenas tardes a todos.

Y se fue a su casa a seguir durmiendo la siesta.

—¡Vete! —ordenó la Princesa al odioso mensajero.

El mensajero, de rabia, buscó a la hormiga para pisarla, pero la hormiga ya había tomado el ómnibus para Gulubú.

La Princesa se puso a conversar con Papalina, que se había quedado tartamuda de atravesar tamaños peligros.

—¿No me van a hacer sopa, Princesa? —preguntó tímidamente.

Y la Princesa, sonriendo, le dijo que no. ¡Menos mal!

—Princesa —dijo Papalina cuando consiguió retomar el aliento—, yo sé bastante de medicina, y en prueba de gratitud porque usted me salvó la vida, le diré cómo se cura el sarampión rubicundo.

—Dímelo, dímelo enseguida —contestó la Princesa poniendo delicadamente a

Papalina sobre las puntillas de su almohada.

—Es muy sencillo, Princesa —contestó Papalina—. El sarampión rubicundo se cura con chupetín de perejil tostado.

La Princesa ordenó a su cocinero que le preparara inmediatamente el remedio según las instrucciones de Papalina.

Y dicho y hecho, en cuanto probó el chupetín de perejil tostado, la Princesa se curó y se levantó.

Al día siguiente, la Princesa y Papalina jugaban juntas en el jardín del palacio.

Papalina fue condecorada y premiada por el Rey en persona, en una ceremonia a la que asistió todo Gulubú con traje de fiesta.

La Princesa invitó a Papalina a vivir en el palacio y ser su tortuga de compañía.

La Princesa llevó una vez a Papalina en carroza hasta el charquito donde vivían sus amistades.

Las tortugas, que creían muerta a Papalina, lloraron de sorpresa y alegría.

Varias se desmayaron y a una se le cayeron los lentes.

Y así sigue viviendo feliz Papalina la

tortuga, sin una sola verruga, pero se arruga, se arruga, a medida que pasan los años y las hojas de lechuga.

Y verdolaga verdolín,
este cuento llegó al fin.

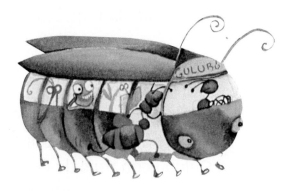

HISTORIA DEL DOMINGO SIETE

Ustedes habrán oído alguna vez la expresión que dice: "es un domingo siete", ¿verdad?

¿Qué es eso del domingo siete?

En Centroamérica se cuenta una historia del domingo siete, que es más o menos así:

Había una vez dos chicos: Juan, que tenía tres pecas en el cachete, y Domingo, que era malo y amarrete.

Los dos iban al colegio, atravesando todo el bosque de Gulubú.

No se llevaban muy bien, porque Domingo le hacía bromas a Juan a causa de sus tres pecas. Bromas que Juan tomaba con mucha paciencia porque era un chico bueno, muy bueno, réquete pecoso.

Una tarde salió Juan del colegio, y Domingo, como siempre, se quedó en penitencia después de clase.

Juan iba saltando y cantando por el bosque, cuando se desvió un poco del camino por seguir a una ardilla que jugaba por ahí y le hacía morisquetas.

Por correr tras la ardilla, como digo, se desvió del camino y se perdió.

Y de pronto ¡zápate! lo sorprendió una espantosa tormenta.

Caían unas gotas gordas como patas de elefante, un granizo gordo como helados de cien pesos, soplaba un viento hecho por un millón de hélices.

Juan buscaba refugio, tratando de no mojar su prolijo cuaderno.

Corrió y corrió hasta que por fin pudo meterse en el hueco de un árbol, empapado y tiritando.

Allí esperaba acurrucado que pasara la tormenta.

Cuando amainó, ya era de noche y a lo lejos vio una lucecita.

—Debe de ser la casa de algún guardabosque —pensó—, quizá me permita secarme junto a la chimenea y me dé un plato de sopa.

Juan caminó hasta la casa.

Se acercó a la ventana y oyó un coro de voces chillonas y destempladas que cantaban una preciosa canción que decía así:

—"Lunes, martes, miércoles tres..."

Como a Juan le gustaba mucho la música, no pudo contenerse y cantó también completando la canción.

Porque la canción, en la palabra "tres", se paraba de golpe.

Y Juan cantó:

—"Jueves, viernes, sábado seis..."

La ventana se abrió de par en par y se asomaron un montón de brujas, brujitas y brujotas, feas y desmechadas, que sonriendo con sus escasos dientes dijeron:

—¿Pero quién es el chico réquete pecoso y bueno que nos ha completado tan graciosamente nuestra canción?

—Yo —dijo Juan con modestia.

—¡Pero qué preciosura! —dijo la bruja capitana—, hace tres millones de semanas y dos días que estamos tratando de completar la letra de esta canción ¡y no podemos!...

—"Lunes, martes, miércoles tres..."

Y Juan volvió a corear:

—"Jueves, viernes, sábado seis..."

—Desde hoy, y gracias a ti, podremos cantar completo el himno de las brujas de Gulubú, y por este gran favor que nos has hecho te vamos a premiar.

Y dicho y hecho, las brujas, las brujitas y las brujotas le regalaron a Juan una bolsa enorme llena de caramelos, chupetines, bombones, alfeñiques, turrones, nueces, chocolatines, helados que no se derretían y no me acuerdo qué más.

Juan les dio las gracias y se fue cantando.

Ya no llovía, y la ardilla lo guiaba por el camino.

Al día siguiente, Juan repartía golosinas entre sus compañeros del colegio, cuando llegó Domingo y le arrebató unas cuantas de un manotón.

—¿Dónde has robado esto? —le preguntó.

—¡No lo robé! —le contestó Juan indignado—, me lo regalaron las brujitas de Gulubú.

—¡Mentira! —gritó Domingo, dispuesto a pegarle en el cachete pecoso.

Entonces Juan, para que no dudara de su

honradez, le contó con detalles su aventura: cómo se había perdido por correr tras una ardilla que le hacía morisquetas, cómo lo había sorprendido la tormenta, cómo había llegado a la casa de las brujas y cómo les había completado graciosamente esa canción que decía:

"Lunes, martes, miércoles tres..."

Con un versito que decía:

"Jueves, viernes, sábado seis..."

—Bah, qué tontería —contestó Domingo y dio media vuelta.

Pero como Domingo era copión y envidioso, decidió imitar la hazaña de Juan.

Esa tarde salió del colegio y, en el bosque, encontró a la ardilla juguetona y la siguió.

También lo sorprendió la tormenta y también fue a dar a la casa de las brujas.

Todo, todo igual que Juan.

Una vez junto a la ventana, oyó que las brujas, las brujitas y las brujotas cantaban:

—"Lunes, martes, miércoles tres,
jueves, viernes, sábado seis..."

—Para que me regalen caramelos —pensó Domingo—, tengo que añadirle algo más a esta canción.

—"¡Domingo siete!"

A las brujas, naturalmente, no les gustó nada la interrupción.

La ventana se abrió de par en par, y se asomaron preguntando:

—¿Quién es el sinvergüenza y amarrete que nos ha arruinado la canción con un domingo siete?

Y le arrojaron a Domingo por la cabeza el agua helada de una vieja palangana de latita.

Domingo salió corriendo, mientras la ardilla se reía tanto que tenía que taparse los dientes con la cola.

Domingo decidió desde ese día no ser más copión ni amarrete, y además se hizo amigo de Juan, que siguió como siempre con sus tres pecas en el cachete.

Y así, con un firulete,
se acaba el libro en un domingo siete.

DATOS BIOGRÁFICOS DE MARÍA ELENA WALSH

Fotografía Sara Facio

Poeta, novelista, cantante, compositora, guionista de teatro, cine y televisión, es una figura esencial de la cultura argentina. Nació en Buenos Aires, en 1930.

Estudió en la Escuela Nacional de Bellas Artes. A los quince años comenzó a publicar sus primeros poemas en distintas revistas y medios, y dos años después, en 1947, apareció su primer libro de versos: *Otoño imperdonable*. En 1952 viajó a Europa donde integró el dúo Leda y María, con la folclorista Leda Valladares, y juntas grabaron varios discos. Hacia 1960, de regreso a la Argentina, escribió programas de televisión para chicos y para grandes, y realizó el largometraje *Jugue-mos en el mundo*, dirigida por María Herminia Avellane-da. En 1962 estrenó *Canciones para Mirar* en el teatro San Martín, con tan buena recepción por parte del pú-blico infantil que, al año siguiente, puso en escena *Doña Disparate y Bambuco*, con idéntica respuesta. En la mis-ma década, nacieron muchos de sus libros para chicos: *Tutú Marambá* (1960), *Zoo Loco* (1964), *El Reino del Re-vés* (1965), *Dailan Kifki* (1966), *Cuentopos de Gulubú* (1966) y *Versos tradicionales para cebollitas* (1967). Su producción infantil abarca, además, *El diablo inglés* (1974), *Chaucha y Palito* (1975), *Pocopán* (1977), *La nu-be traicionera* (1989), *Manuelita ¿dónde vas?* (1997) y *Canciones para Mirar* (2000).

Sus creaciones se han constituido en verdade-ros clásicos de la literatura infantil, cuya importancia trasciende las fronteras del país, ya que han sido tra-ducidas al inglés, francés, italiano, sueco, hebreo, da-nés y guaraní.

Entre sus personajes más famosos se destaca *Manuelita la tortuga*, que fue llevado al cine en dibujos animados con gran éxito.

En 1991 fue galardonada con el Highly Commended del Premio Hans Christian Andersen de la IBBY (International Board on Books for Young People).

ÍNDICE

Manuelita ¿dónde vas?

de MARÍA ELENA WALSH

Tanto alboroto se armó en el patio de la casa de la tortuga Manuelita, que se despertó. Y como no pudo volver a dormirse, decidió salir a recorrer el mundo. En este libro encontrarás las insólitas historias que fue juntando la famosísima tortuga a lo largo de su loca travesía por diversos países.

Esta segunda reimpresión de
Cuentopos de Gulubú
se terminó de imprimir
en el mes de mayo de 2002
en Super Press, Llerena 3142,
Capital Federal,
República Argentina.